हवलदार बहादुर
और
कमिश्नर का कुत्ता
चित्रांकन: बेदी
लेखक: विनय प्रभाकर
रीकलर: साहजेब खान
इंस्पेक्टर खड़गसिंह के सामने रखे फोन की घंटी बजी –
सर! फोन।
ट्रिन... ट्रिन...
हैलो, इंस्पेक्टर खड़गसिंह स्पीकिंग।
इंस्पेक्टर साहब! बालीनगर में 53 नम्बर गोदाम के भीतर तस्करों ने काफी मात्रा में स्मैक छुपाकर रखी है।
हैलो? तुम कौन बोल रहे हो?
मैं एक शरीफ नागरिक हूं। अपना नाम नहीं बताना चाहता। आप गोदाम पर छापा मारने का प्रबंध कीजिए।
इतना कहकर फोन बंद कर दिया गया।
हैलो... हैलो...।
क्या हुआ सर? स्मैक का क्या चक्कर है?
गुमनाम फोन था। एक व्यक्ति ने बालीनगर स्थित गोदाम में स्मैक होने की सूचना दी है।
ओह! फिर तो हमें वहां तुरन्त छापा मारना चाहिए।

पहले मैं एक नजर उस गोदाम को देखना चाहता हूं। तुम मेरे साथ चलो!
चलिए सर।
इंस्पेक्टर खड़गसिंह स्वयं जीप ड्राइव कर रहा था।
तस्करों को पकड़कर हवालात में सड़ा देंगे सर।
चुप बैठे रहो।
इंस्पेक्टर ने जीप गोदाम से काफी दूर छोड़ दी थी।
यही 53 नम्बर गोदाम है।
दरवाजे पर तो ताला है।
-53-
BALINAGAR
लो खुल गया ताला।
आप तो चोरों से भी दो हाथ आगे हैं सर। म... मेरा मतलब है सॉरी सर।
दोनों भीतर प्रविष्ट हुए।
यहां तो ड्रम और पेटियां भरी हुई हैं।

लेकिन यह पेटियां तो खाली हैं।
इस भी।
इंस्पेक्टर ने दूसरी पेटी में देखा—
ओह! इसमें चरस है।
तभी गोदाम के बाहर किसी गाड़ी के रुकने की आवाज हुई—
गर्र... गर्र...
कोई आ रहा है सर।
पेटियों के पीछे छुप जाओ।
दोनों पेटियों की ओट में छुप गए।
चल...।
यह सब बदमाश लगते हैं, लेकिन यह पकड़कर किसे लाए हैं?

इस गद्दार से तो बाद में निपटेंगे। पहले यह बताओ जाते समय गोदाम पर ताला किसने लगाया था ?
मैंने लगाया था उस्ताद।
तो क्या तू नशे में था हरामजादे ? ताला कुंडे में फंसा दिया था सिर्फ?
नहीं उस्ताद। मैंने ताला ठीक से लगाया था।
चुप। तू पहले भी एक बार गोदाम को ताला लगाना भूल गया था। गर्दन तोड़ दूंगा साले ।
माफी उस्ताद। आगे से गलती नहीं होगी।
उस्ताद, कैदी युवक की ओर घूमा —
क्यों बे, तूने हमारे साथ गद्दारी करने से पहले अपनी मौत के बारे में नहीं सोचा था क्या?
मैंने कोई गद्दारी नहीं की। बस, मैं अब तुम्हारे साथ काम नहीं करना चाहता।
ओह! फोन पर मैंने यही आवाज सुनी थी। तो इसी युवक ने गुम-नाम फोन किया था।

काम नहीं करना चाहता तो मरने के लिए तैयार हो जा।
न... नहीं।
यह बॉस का आदेश है कि तुझे जान से मार दिया जाए।
मुझे मत मारो।
इंस्पेक्टर ने दबे स्वर में कहा–
उसे बचाना होगा। मैं खिसककर दरवाजे की ओर जाता हूं। वहां से इन सबको कवर किया जा सकता है।
इंस्पेक्टर ने गोदाम के दरवाजे की ओर खिसकना आरम्भ कर दिया।
तभी–
आह!
खचाक

यह दृश्य देखकर हवलदार बहादुर की चीख निकल गई-
आ...ई...ई..!
कौन है?
कोई पेटियों के पीछे है उस्ताद!
पकड़ो।
तभी इंस्पेक्टर उछलकर सामने आ गया।
हैंडसअप। सब हाथ ऊपर उठा लो।
पुलिस?
हवलदार बहादुर भी सामने आ गए।
हवालात में बंद करके सड़ा दूंगा सालो।
तभी एक गुंडे ने कमाल की फुर्ती का प्रदर्शन किया।
खटाक
उफ!

ढिशुम
आह!
धाड़
मर गया।
ढिशुम
धाड़
तभी एक बदमाश ने छत में लटका हुआ बल्ब तोड़ डाला।
गोदाम अंधेरे में डूब गया। लेकिन लड़ाई जारी थी।
धाड़
ढिशुम
आह

हवलदार बहादुर की अच्छी धुनाई हो रही थी।
हाय मार डाला...जेल में सड़ा दूंगा सालो। आह...।
अंधेरे का लाभ उठाकर बदमाशों ने इंस्पेक्टर और हवलदार को बेहोश कर दिया था।
माल उठाकर बाहर ले चलो, जल्दी।
उन्होंने माल की पेटियां बाहर खड़ी अपनी पिकअप वैन में रखीं।
जल्दी करो।
अगले पल वे वहां से रवाना हो गए।
गोदाम के भीतर हवलदार बहादुर को होश आया –
आह... जोड़ - जोड़ दुख रहा है।

ओह ! गुंडों ने इंस्पेक्टर साहब की भी खटिया खड़ी कर दी है। पुलिस स्टेशन सूचना देनी होगी।
कुछ देर बाद गोदाम में पुलिस पार्टी पहुंच गई। इंस्पेक्टर खड़गसिंह को अस्पताल भेज दिया गया था।
हवलदार बहादुर का बयान लेने के बाद बदमाशों की तलाश शुरू कर दी गई थी। इंस्पेक्टर खड़गसिंह की अनुपस्थिति में इंस्पेक्टर त्यागी को इस केस का इंचार्ज बनाया गया था।
इस त्यागी के अण्डर काम करना मुश्किल लगता है। बहुत खुर्राट है यह।
फिर भी हवलदार बहादुर ने इंस्पेक्टर त्यागी की चापलूसी करने की कोशिश करनी चाही–
सर। मैं उन गुंडों को पहचानता हूं। कल पकड़कर आपके सामने ला खड़ा करूंगा।
इतने बड़े तीस मार खां नहीं हो तुम। और मुझे ज्यादा बकवास पसंद नहीं है, समझे!
स...समझ गया सर! लेकिन वह गुंडे...?
उन्हें मैं खुद तलाश कर लूंगा। तुम अपना काम करो।

निराश होकर हवलदार बहादुर अस्पताल चले आए, जहां घायल इंस्पेक्टर को देखने पुलिस कमिश्नर भी आए हुए थे।
सर!
आओ हवलदार बहादुर! तुम्हें तो ज्यादा चोट नहीं आई?
बिल्कुल नहीं सर। और वैसे भी मामूली चोटों की मैं परवाह नहीं करता।
गुड। लेकिन खड़गसिंह को काफी चोट आई है। यह एक महीने से पहले पूर्ण स्वस्थ नहीं हो पायेगा।
मैंने तो इन्हें पहले ही कहा था सर कि पुलिस फोर्स के साथ गोदाम पर छापा मारा जाए, लेकिन इन्होंने मेरी नहीं सुनी। अब देख लीजिए अंजाम।
अंजाम तो हमें उन बदमाशों का खराब करना है। एक पुलिस इंस्पेक्टर को घायल करके वह बच नहीं सकेंगे।
हां सर! उन बदमाशों को गिरफ्तार होना ही चाहिए। लेकिन...।
लेकिन क्या?
सर! वह इंस्पेक्टर त्यागी मुझे इस केस में अपने साथ नहीं रखना चाहते। जबकि मैं उन गुंडों को पहचानता हूं।

त्यागी बहुत अनुभवी व्यक्ति है। अगर वह इसे इस केस से अलग रखना चाहता है तो इसके पीछे जरूर कोई कारण होगा।
खैर मैं तुमसे एक काम लेना चाहता हूं। बाहर चलो मेरे साथ।
कमिश्नर साहब को मुझसे क्या काम हो सकता है।
हवलदार बहादुर, मेरा एक पर्सनल काम है। तुमने मेरे कुत्ते जेरी को तो देखा है न?
जी हां सर। एक बार आपकी कोठी पर देखा था। बहुत प्यारा कुत्ता है।
जेरी कहीं खो गया है हवलदार। या फिर कोई उसे पकड़कर ले गया है। वह बहुत शरीफ और सीधा कुत्ता है। हर किसी से मैत्री कर लेता है। मेरे बेटे को जेरी बहुत प्रिय था। कल शाम को राजधानी एक्सप्रेस से मेरा बेटा बम्बई जा रहा है। वह जेरी को भी साथ ले जा रहा था। लेकिन अचानक जेरी गायब हो गया।
गायब हो गया है तो कोई बात नहीं सर। मैं जेरी को ढूंढ निकालूंगा।
यही मैं चाहता हूं। तुम शहर में गश्त करते रहते हो। शायद तुम्हें जेरी कहीं नजर आ जाए।

आप बिल्कुल चिंता न कीजिए सर। आज से, बल्कि अभी से आपके कुत्ते की तलाश शुरू कर देता हूं।
गुड ! अगर जेरी मिल गया तो मेरा बेटा खुश हो जाएगा।
कमिश्नर साहब चले गए तो हवलदार बहादुर ने सोचना शुरू किया –
जेरी छोटी नस्ल का सफेद कुत्ता है। उसके शरीर पर बहुत लम्बे बाल हैं। आंखों पर भी बाल पड़े रहते हैं। बहुत शरीफ है बेचारा। जब मैं कमिश्नर साहब की कोठी पर गया तो मैंने जेरी को बिस्कुट खिलाया था। खुश होकर उसने मेरा मुंह चूम लिया था...
...अगर मैं जेरी को ढूंढने में सफल हो गया तो कमिश्नर साहब की नजरों में मेरी गुड्डी चढ़ जाएगी। तरक्की के भी चांस बन सकते हैं।
हवलदार बहादुर ने घर जाकर पुलिस की वर्दी उतारी और सादे लिबास में जेरी की तलाश में निकल पड़ा।
इस पार्क में लोग अपने कुत्तों को टहलाने लाते हैं। अगर किसी ने जेरी का अपहरण किया है तो वह शायद टहलाने यहां लाए।
जनक पार्क
जेरी तो कहीं नजर नहीं आ रहा। फिर भी आवाज लगाता हूं।
जेरी...जेरी... जेरी..!

जेरी...जेरी...
आंय! यह कौन बद्तमीज गला फाड़कर मेरा नाम पुकार रहा है? गुर्र...गुर्र!
जेरी... जेरी...।
गुर्र... गुर्र... अभी मजा चखाता हूं।
और उस जेरी नामक कुत्ते ने अपनी मालकिन से जंजीर छुड़ा ली।
ओह! जेरी रुक जाओ।
हवलदार बहादुर इस मुसीबत से बेखबर थे।
गुर्र... गुर्र...।
आ...ई... ई...।
हवलदार बहादुर उठकर भागे।
मर गया... बचाओ... बचाओ...।
भौं... भौं... गुर्र... गुर्र...।

भागा-दौड़ी में वह झाड़ियों में अटककर गिरे।
आह!
गुर्र..
गुर्र...!
कुत्ते की मालकिन दौड़ती हुई निकट पहुंची।
जेरी स्टाप इट
रुक जाओ।
गुर्र...
गुर्र...!
लेकिन तब तक कुत्ते ने बेचारे हवलदार का हुलिया बिगाड़ दिया था।
अरे! मार डाला... यह...यह आपका कुत्ता है?
जी हां, मुझे अफसोस है कि इसने आपको गिरा दिया।
गिरा दिया? इसको गिराना कहते हैं? इस बदतमीज कुत्ते ने मेरा हुलिया बिगाड़ दिया है। मैं इसको हवालात में बंद करके सड़ा दूंगा।

हवालात? क्या आप पुलिसमैन हैं?
हां, मैं हवलदार हूं। और इस जलील कुत्ते को जरूर मजा चखाऊंगा। चल बे थाने।
गुस्सा थूक दीजिए हवलदार साहब! और वैसे भी कुत्ते से पंगा तो आपने ही लिया था। आप इसका नाम क्यों पुकार रहे थे?
भौं...भौं
इसका नाम! नहीं मैडम, मैं तो कमिश्नर साहब के जेरी को पुकार रहा था।
लेकिन मेरे कुत्ते का नाम भी जेरी है।
फिर तो इस दुर्घटना में किसी का दोष नहीं है हवलदार साहब। बेचारा कुत्ता बेकसूर है। आप इसे माफ कर दीजिए।
ठीक है। माफ कर देता हूं।
लेकिन जब हवलदार बहादुर घर पहुंचे तो उनकी पत्नी ने उन्हें माफ नहीं किया।
कपड़े कहां फड़वाकर आए हो? किसने मारा तुम्हें?

किसी ने नहीं भाग्यवान। बस यूं ही एक कुत्ता उलझ गया था।
कुत्ता तुमसे उलझ गया था? फिर तो वह जरूर पागल होगा।
क... क्या मतलब?
मतलब यह कि तुम मुझे मूर्ख नहीं बना सकते। सच बताओ, तुम्हारी यह हालत किसने बनाई है?
कह तो दिया एक कुत्ते ने हमला कर दिया था। वह कुत्ता भी तेरी तरह अक्ल से खाली था।
क्या? तुम मुझे कुत्ते से मिला रहे हो? तुम्हारी तो हवलदारी बिगाड़ दूंगी मैं...।
और फिर बेलन युद्ध आरम्भ हुआ—
धाड़
आह! मार डाला जालिम।
अगली सुबह हवलदार बहादुर फिर से कुत्ते की तलाश में निकले।
शहर का चक्कर लगाकर देखता हूं। शायद कहीं जेरी मिल जाए।

काफी दूर चलने के बाद वह एक कोठी के निकट पहुंचे।
यह कोठी बिल्कुल एकांत में बनी हुई है। पता नहीं कोई रहता भी है या नहीं?
फिर अचानक ही वह चौंक पड़े—
जेरी!
यह कमिश्नर साहब का जेरी ही है। तो क्या जेरी को इस कोठी वालों ने चुराया है?
जेरी...जेरी...पुच ...पुच।
कुत्ते ने एक बार दुम हिलाई और गेट के निकट आ गया।
मुझे पहचाना जेरी? मैं हवलदार बहादुर हूं।
बुफ... बुफ।

कुत्ता उनका हाथ चाटने लगा –
तो तुमने मुझे पहचान लिया जेरी। याद है, मैंने तुम्हें बिस्कुट खिलाया था और... ।
चपर... चपर... ।
अचानक कुत्ता वापस जाने लिए मुड़ गया।
जेरी! सुनो जेरी।
लेकिन कुत्ता रुका नही था।
तुम्हें मेरे साथ चलना होगा जेरी।
हवलदार बहादुर को पता नहीं था कि एक खिड़की से कोई उन्हें देख रहा था।
यह कोई कुत्ता चुराने वाला लगता है।
भीतर पहुंचकर हवलदार ने कुत्ते को गोद में उठा लिया।
पुच... पुच... जेरी, मैं तुम्हें लेने आया हूं।

तभी—
कुत्ते को नीचे उतार दो, वरना गोली मार दूंगा।
कुत्ता खुद ही नीचे कूद गया और—
रिलैक्स माई डियर! मैं अभी इस चोर को मजा चखाता हूं।
ऐ, तुम किसे चोर कह रहे हो?
तुझे। कुत्ते को कहां ले जा रहा था?
यह कुत्ता तुम्हारा नहीं है।
फिर क्या तेरे बाप का है? अबे, मेरा नाम कर्नल धरती पकड़ सिंह है। और मैं तुझ जैसे चोरों की नाक में रस्सी डालना अच्छी तरह जानता हूं।
जबान को लगाम दो कर्नल, मैं भी पुलिस हवलदार हूं और तुम जैसे कुत्ता चोर से निपटना खूब जानता हूं। यह कुत्ता तुम्हारा नहीं है।

अच्छा तो यह कुत्ता मेरा नहीं है और तू पुलिस हवलदार है? अभी मजा चखाता हूं।
रामसिंह... माधव... शंकर, बाहर आओ सब।
जी मालिक।
इस आदमी को पकड़ लो। यह हमारा कुत्ता चुराकर ले जा रहा था।
खबरदार! मैं पुलिस हवलदार हूं। मुझे छुआ तो हवालात में बंद करके सड़ा दूंगा सालो।

पकड़ लो इस हवलदार के बच्चे को।
छ... छोड़ दो मुझे।
मारो साले को।
धाड़
ढिशुम
मर गया।
नीचे बिठाकर मारो।
तोड़
धाड़

अब लिटाकर मारो साले को।
अबे ओय कर्नल, रोक ले इन्हें।
ताड़
ढिशुम
धाड़
आह! अबे छोड़ दो जालिमो। मैं सचमुच का हवलदार हूं।
फिर कर्नल ने रस्सी मंगाकर हवलदार की मुश्कें कसवा दीं।
इसे गैराज में बंद कर दो। मैं फोन करके पुलिस को बुलाता हूं।
कुछ देर बाद इंस्पेक्टर त्यागी वहां पहुंच गया।
हैलो कर्नल साहब कहां है चोर?
मैंने उसे गैराज में बंद कर रखा है।
यह आपने ठीक किया, लेकिन वह चोर भी कोई पहुंचा हुआ ही लगता है, जो फौजी कर्नल के घर में घुसने का साहस कर बैठा है।
बहुत चालाक है साला। खुद को पुलिस हवलदार बता रहा था।

हा...हा...हा! फिर तो हमें चोर बताएगा। वहां चलिए, देखते हैं उसे।
आइए।
और जब गैराज का दरवाजा खोला गया –
अरे! हवलदार बहादुर तुम?
स...सर! मुझे बचाइए।
??
खोलो इसे।
क्या यह सचमुच हवलदार है?
जी हां कर्नल साहब।
तो फिर यह मेरा कुत्ता क्यों चुराने आया था?
बंधनमुक्त होने के बाद हवलदार बहादुर ने कोठी में घुसने का कारण बताया –
ओह! तो तुम मेरे कुत्ते को अपने कमिश्नर साहब का कुत्ता समझ रहे थे। लेकिन भाई हवलदार, वह कुत्ता तो मेरा है, दो साल से मेरे पास है।
मुझसे पहचानने में गलती हो गई कर्नल साहब।

तुम्हारी इन गलतियों से पूरा पुलिस डिपार्टमेंट परेशान है हवलदार। अब चलो यहां से।
जी साहब!
कोठी से बाहर आने के बाद –
सुनो हवलदार बहादुर। मैं तुम जैसे मूर्ख इंसान को बिल्कुल पसंद नहीं करता हूं। इसलिए बेहतर यही है कि जब तक मैं इंस्पेक्टर खड्गसिंह की जगह काम कर रहा हूं, तुम अपनी मूर्खताएं छोड़ दो, या फिर कुछ दिनों की छुट्टी लेकर घर बैठ जाओ।
म...मैं छुट्टी ले लूंगा सर।
मुझे बहुत खुशी होगी।
कहकर इंस्पेक्टर त्यागी पुलिस स्टेशन की ओर रवाना हो गए।
इस घटना के बाद भी हवलदार बहादुर के सिर से कुत्ते को ढूंढने का भूत नहीं उतरा था।
मैं जेरी को ढूंढकर ही रहूंगा। कमिश्नर साहब के सामने अपनी योग्यता सिद्ध करने का यही अवसर है।
सारे दिन वह बाहर के चक्कर लगाते घूमते रहे।

फिर अचानक ही उन्हें एक और कुत्ता नजर आया।
यह जेरी हो सकता है।
दूर से ही आवाज लगाकर देखता हूं। अगर वह जेरी हुआ तो जरूर मेरी ओर आने की कोशिश करेगा।
जेरी!
आवाज सुनकर कुत्ता रुका था, लेकिन युवक उसे खींचकर आगे बढ़ता रहा।
कुत्ते ने मेरी आवाज पर रुकना चाहा था। वह जेरी ही है।
हवलदार बहादुर कुछ दूर तक पीछा करते रहे।
यह कुत्ता जेरी ही है, इसका पूरा विश्वास कर लेने के बाद ही मैं उस युवक से पूछताछ करूंगा।

युवक अपना पीछा किए जाने से बेखबर था। अब वह सड़क के किनारे बिजली के खम्भे के निकट रुक गया था।
वह रुक क्यों गया?
तभी बिजली के खम्भे के निकट एक और व्यक्ति आकर रुका।
फिर आने वाले व्यक्ति ने युवक के हाथ में सौ का एक नोट थमाया।
नोट जेब में रखकर युवक नीचे बैठकर कुत्ते के बालों में हाथ फेरने लगा।
अब हवलदार बहादुर जोर से चौंके थे–
ओह! उसने यह कैप्सूल कुत्ते के बालों में से निकाला है।

कैप्सूल लेकर वह व्यक्ति आगे बढ़ गया।
यह क्या चक्कर है? कुत्ते के बालों में उसने किस चीज का कैप्सूल छुपा रखा था?
तभी एक और व्यक्ति उस युवक के निकट पहुंचा।
क्या यह भी कैप्सूल लेने आया है?
और युवक ने उस व्यक्ति से भी सौ रुपए लेने के बाद कुत्ते के बालों में से एक कैप्सूल निकालकर दे दिया।
और फिर यह संयोग ही था कि कैप्सूल लेने वाला व्यक्ति पान के खोखे पर आकर रुक गया।
एक पान लगाओ।

पान लेकर उस व्यक्ति ने जेब से कैप्सूल निकाला और–
कोकीन। हे भगवान! इस कैप्सूल में तो कोकीन भरी हुई है, जिसे यह पान में डालकर खा रहा है।
हवलदार बहादुर इस समय यह भूल गये थे कि वह जेटी की तलाश में हैं।
आज फिर भगवान की कृपा से मुझे अचानक ही एक अपराध का सुराग मिल गया है। अब उस कुत्ते वाले युवक का पीछा करके यह देखना है कि उसका अड्डा कहां है?
कुछ देर बाद कुत्ते वाला युवक वहां से आगे चल दिया और हवलदार बहादुर उसका पीछा करते रहे।
कुत्ते के बालों में नशीली दवाएं छुपाकर बेचता है। हवालात में बंद करके सड़ा दूंगा साले को।

फिर उन्होंने युवक को एक कोठी में प्रविष्ट होते देखा।
तो यह है इसका अड्डा।
तभी –
ओह! यह तो वही बदमाश है, जिसने गोदाम में हत्या की थी। इसके साथी इसे उस्ताद कह रहे थे।
उस्ताद भी कोठी के भीतर चला गया।
किस्मत खुल गई मुझ लल्लू की। जो काम इंस्पेक्टर त्यागी नहीं कर सका, मैंने कर दिखाया है।
हवलदार तुरंत ही अपने घरकी ओर चल पड़ा।
घर से वर्दी पहन वह सीधा पुलिस स्टेशन पहुंचा और इंस्पेक्टर त्यागी को सारी स्थिति बताई –
मुझे तुम्हारी बात का विश्वास नहीं है हवलदार। तुम जरूर कोई मूर्खता करके आए हो।
नहीं सर। मैं सच कह रहा हूं। आप तुरंत पुलिस फोर्स लेकर चलिए।

संयोगवश कमिश्नर साहब भी वहां आ पहुंचे।
सर!
ओह! सर, मैंने आपका कुत्ता तलाश कर लिया है।
मेरा कुत्ता...?
हां सर! जेरी का कुछ तस्करों ने अपहरण किया है। वह वही बदमाश हैं, जो बालीनगर के गोदाम से भागे थे। वह लोग जेरी के बालों में कोकीन छुपा-कर बेचते हैं।
यह तुम क्या कह रहे हो हवलदार? जेरी तो आज सुबह ही मिल गया था। अब तो वह मेरे बेटे के साथ बम्बई भी रवाना हो चुका है।
मैं तो पहले ही समझ गया था कि तुम कोई मूर्खता करके आए हो हवलदार। पता नहीं किस कुत्ते को जेरी समझ बैठे और...।
हो सकता है कि मुझसे कुत्ता पहचानने में गलती हुई हो, लेकिन उन बदमाशों को मैंने अच्छी तरह पहचान लिया है।

कमिश्नर साहब ने इंस्पेक्टर त्यागी की ओर देखा–
इंस्पेक्टर, मेरा ख्याल है कि हमें हवलदार के साथ चलकर वहां रेड करनी चाहिए। हवलदार बहादुर की सूचना पर पहले भी कई अपराधी पकड़े गए हैं।
ठीक है सर।
पुलिस फोर्स जब उस कोठी पर पहुंची–
धांय
धांय
देखा सर, बदमाश गोलियां चला रहे हैं।
तुम्हारी सूचना ठीक निकली हवलदार शाबाश!
बदमाश पुलिस फोर्स का मुकाबला ज्यादा देर तक नहीं कर पाए।
धांय
धांय

कुछ ही देर में सबको गिरफ्तार कर लिया गया।
इन बदमाशों की गिरफ्तारी का सेहरा हमारे हवलदार बहादुर के सिर है। मुझे गर्व है कि हमारी पुलिस फोर्स में हवलदार बहादुर जैसे योग्य पुलिसमैन हैं।
सेहरा तो जेरी के सिर बंधना चाहिए, जिसकी खोज करते करते मैं इन बदमाशों तक पहुंचा हूं। क्यों पाठको, आपका क्या ख्याल है?
जितेंद्र बेदी